m² sac... 28 fév. 1000

(Conserver la couverture)

Tous les ans, la Tuberculose tue 150 000 personnes en France :
population égale à celle de Rouen ou de Nantes.

L'Œuvre Antituberculeuse

BULLETIN TRIMESTRIEL

DES SANATORIUMS POPULAIRES ET DES SOCIÉTÉS DE BIENFAISANCE
FONDÉS EN FRANCE POUR LA LUTTE
CONTRE LA TUBERCULOSE ET L'ASSISTANCE AUX TUBERCULEUX PAUVRES

Directeurs : MM. les Dʳˢ SERSIRON et DUMAREST

EXTRAIT

Œuvre lorraine des tuberculeux.
Sanatorium de Lay-Saint-Christophe.

Par le Dʳ Paul SPILLMANN
PROFESSEUR A LA FACULTÉ DE MÉDECINE DE NANCY
PRÉSIDENT DU CONSEIL D'ADMINISTRATION

PARIS
Georges CARRÉ et C. NAUD, Éditeurs
3, RUE RACINE, 3

1901

Œuvre lorraine des tuberculeux.

SANATORIUM DE LAY-SAINT-CHRISTOPHE

Par le Dr Paul Spillmann,
Professeur à la Faculté de médecine de Nancy.
Président du Conseil d'administration.

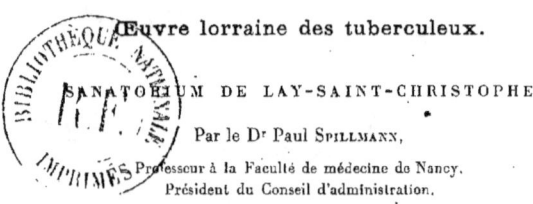

C'est à la suite d'un voyage entrepris à Berlin au mois de juin 1899, avec mon excellent collègue et ami M. le Pr Haushalter, pour assister au congrès de la tuberculose et visiter une série de sanatoriums, que nous nous sommes mis tous deux à l'œuvre, poursuivant un but essentiellement humanitaire : être utiles aux tuberculeux pauvres et déshérités des deux sexes, chercher à créer pour eux, dans les environs de Nancy, un sanatorium où ils trouveraient réunies toutes les conditions nécessaires à leur guérison.

Le sanatorium, excellente école de discipline et d'hygiène, est indispensable au traitement des tuberculeux indigents. La cure libre des tuberculeux, l'installation de sanatoriums dits de fortune, ce sont là autant d'utopies.

L'absence de sanatorium met l'ouvrier pauvre dans une cruelle alternative : ou bien il reste dans son logis, infectant sa famille, ou bien il continue à travailler à l'atelier, contaminant ses compagnons de travail, ou bien enfin il demande un asile dans nos hôpitaux, conservatoires de la tuberculose, où tout s'oppose à son rétablissement ; l'argent qu'on y dépense pour lui, y est dépensé en pure perte.

Le sanatorium, tel que nous le comprenons, est destiné non seulement à recevoir les indigents, mais encore les malades dont les ressources ne sont pas suffisantes pour entreprendre une cure dispendieuse loin du milieu familial.

Le sanatorium recevra donc des tuberculeux pauvres, soit gratuitement, soit moyennant une rétribution assurée par les insti-

I

tutions de bienfaisance, les sociétés de charité, etc. Les autres malades pourront y être admis en payant les frais de séjour. Les sociétés industrielles, les administrations publiques ou privées, pourront aussi y placer leurs employés.

Nous avons commencé par fonder une Société anonyme; nous constituons ainsi une personne civile, dont l'existence commence dès que les formalités légales ont été accomplies. La société anonyme est un être moral qui peut posséder, acquérir, construire. De plus, chacun de nos souscripteurs n'est responsable que pour la somme qu'il a bien voulu consacrer à notre œuvre. Il ne risque jamais d'être tenu à quoi que ce soit au delà de cette somme.

Après bien des recherches pour trouver une situation avantageuse, notre choix s'est porté sur un plateau bien aéré, situé en plein midi, abrité des vents du Nord et de l'Est, à une altitude de 3oo mètres environ, entre Bouxières-aux-Dames et Lay-Saint-Christophe. Le sanatorium installé dans cette région sera suffisamment éloigné de tout centre d'habitation. L'air y est pur, vivifiant. Le terrain choisi est à proximité de Nancy et des gares situées dans la vallée.

On objectera peut-être, en comparant les établissements similaires construits en Suisse, que l'altitude du plateau de Lay-Saint-Christophe est insuffisante. Cette objection est sans valeur. Les sanatoriums élevés dans la plaine des environs de Berlin donnent d'excellents résultats, et ils sont loin d'occuper un site élevé. Ce qu'il importe avant tout de procurer aux malades, c'est de l'air pur; on le trouve aussi bien dans une région forestière, comme celle de Lay-Saint-Christophe, qu'à une grande altitude.

De même notre sanatorium ne fera courir aucun danger aux habitants des communes voisines. Le Pr Leyden affirme que les localités où sont installés des sanatoriums, pour le traitement des phtisiques, sont les moins éprouvées par la tuberculose. Nulle part on ne prend plus de mesures que dans un sanatorium pour arrêter la dissémination du virus.

Les sœurs de Saint-Charles ont bien voulu accepter la mission de soigner nos malades. On connaît leur dévouement dans tous les hôpitaux de notre région, et leur éloge n'est pas à faire. Les sœurs destinées au sanatorium de Lay-Saint-Christophe feront un stage dans un sanatorium déjà installé pour s'initier au traitement des tuberculeux.

Notre architecte, M. Genay, avait primitivement adopté un tracé curviligne. Comme on peut s'en rendre compte par l'examen des nouveaux plans, cette disposition a été abandonnée ; elle devenait inutile par suite de la concavité du terrain, sorte de cirque, offrant naturellement la forme désirée. Les bâtiments de la façade principale seront aussi bien abrités avec la direction droite, et la dépense sera bien moindre.

Il nous a fallu étudier des combinaisons spéciales et établir des pavillons séparés, reliés entre eux par un pavillon, qu'on pourrait appeler pavillon des services, pour nous permettre de réunir dans un même établissement des malades payants et non payants.

La galerie de cure régnant sur toute la longueur de la façade principale et divisée en trois quartiers, est élevée suffisamment au-dessus du sol de la terrasse pour que l'on puisse circuler en dessous et que l'éclairage du sous-sol soit suffisant.

Sous-sol. — Ce sous-sol, élevé de trois mètres, se compose :

1° A gauche (côté des non-payants), de la buanderie et ses dépendances, la désinfection. Bains et hydrothérapie pour femmes et hommes. W.-C. et lavabos. Monte-charge. Escalier spécial du pavillon régnant des caves aux combles.

2° Dans la partie centrale, les générateurs de chauffe et le combustible.

3° A droite, côté des pensionnaires. Caves à vin. Provisions. Fruiterie, laiterie, glacière. W.-C. Monte-charge. Entretien spécial au pavillon. Tout le reste en terre-plein.

Rez-de-chaussée. — Le rez-de-chaussée, de plain-pied avec la grande galerie de cure, muni de diverses descentes sur la terrasse, comprend :

1° *Pavillon de gauche.* — Une salle de réunion. Atelier d'agrément. W.-C. et toilettes pour chaque sexe. Décharge et vestiaire. Cabinet de lecture. Salle de réunion pour hommes. Réfectoire pour hommes. Salle de réunion pour femmes. Monte-charge. Escalier.

2° *Partie centrale.* — Réfectoire des femmes. Galerie de passage et d'isolement. Grande salle à manger des pensionnaires.

3° *Pavillon de droite.* — Salon. Billard. Salle à manger réservée. Service médical. W.-C. et toilette pour dames et messieurs.

Fig. 1. — Vue d'ensemble du sanatorium.

SANATORIVM
de Lay-St-Christophe près Nancy

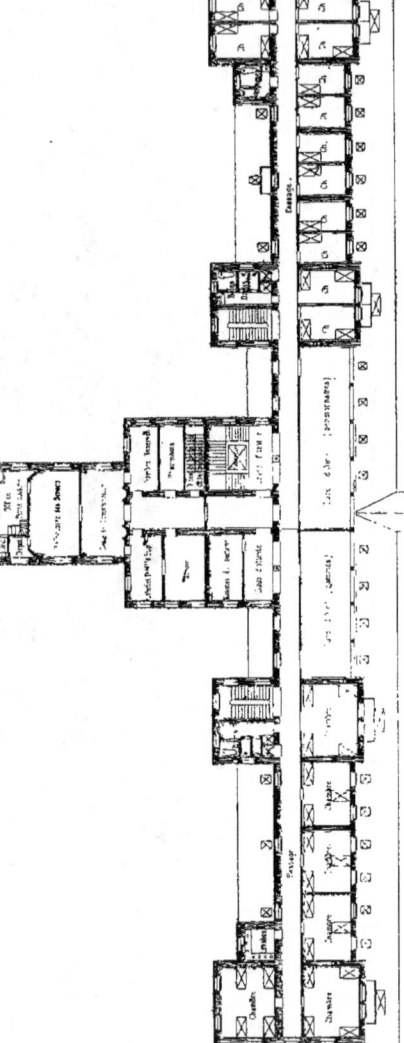

Fig. 2 — Plan du rez-de-chaussée.

Monte-charge. Escalier. Magasin. Décharges et vestiaires. Bains et hydrothérapie.

4° Enfin, vis-à-vis la galerie et le passage de la partie centrale, le grand escalier avec ascenseur, l'escalier réservé aux sœurs, l'office, le réfectoire des gens de service, l'éplucherie, la relaverie, la dépense, des W.-C. spéciaux, la grande cuisine. Un petit escalier de service.

Premier étage. — 1° Au pavillon de gauche cet étage, réservé aux hommes, renferme 3 chambres à 4 lits et 3 chambres à 3 lits. Lavabos. W.-C. Bains. Galerie-promenoir. Monte-charge. Escalier.

2° La partie centrale contiendra 9 chambres payantes à 1 lit.

3° Le pavillon de droite contient 6 chambres de pensionnaires à 1 lit, et 6 à 2 lits. Bains. W.-C. et lavabos pour dames et messieurs. Monte-charge. Escalier. Galerie-promenoir.

4° En arrière de la partie centrale, galerie de passage. Grand escalier et ascenseur. Escalier réservé. Salle d'attente. Cabinet du docteur. Parloir. Cabinet de Mme la supérieure. Pharmacie.

Salle de communauté. Réfectoire des sœurs. Office. Petite cuisine. Dépôt. W.-C. et petit escalier.

2° étage. — Le 2° étage offre absolument la même disposition à gauche et à droite que le 1er. La partie centrale sera aussi aménagée en 9 chambres. Il y aura donc place pour 21 indigents et 27 payants. Comme à l'étage au-dessous, dans le fond, partie centrale, avec les mêmes passages de service et escaliers divers, etc., la lingerie générale, la salle de réunion et le dortoir des sœurs. La chapelle et la sacristie.

Combles. — Les ailes, en forme de pignon, des pavillons, permettent, en ménageant des greniers de décharge, d'avoir encore à gauche des chambres de non-payants avec W.-C. lavabos, et à droite des chambres de petits pensionnaires avec W.-C. et lavabos et des chambres de domestiques.

M. Genay estime qu'on pourra y installer 12 indigents d'un côté et 7 malades payants de l'autre.

En arrière de la terrasse qui couronne la partie centrale, le pavillon du fond s'élève légèrement pour assurer une hauteur convenable à la chapelle et à sa tribune, l'arrivée des escaliers et l'ascenseur, enfin l'aménagement des 4 chambres d'isolement, réservées aux sœurs en traitement.

En résumé, sans compter les sœurs et les gens de service, nous arriverons, quand le sanatorium sera complet, à loger

54 tuberculeux indigents

et 61 pensionnaires,

soit 115 malades.

La hauteur du rez-de-chaussée, où sont les grandes salles, sera de 4 mètres. Celle des étages sera réduite à 3m,50, calculée pour le cube d'air largement nécessaire.

M. Genay a visité plusieurs sanatoriums étrangers et récemment encore le sanatorium d'Hauteville. Il a cherché à appliquer dans le domaine particulier des malades tous les progrès réalisés et il pourra, suffisamment documenté, éviter les fautes commises.

Le pavillon de droite sera terminé pour la fin de l'été; nous avons trouvé sur place de la pierre de roche excellente. Les matériaux sont amenés par une double voie Décauville au sommet de laquelle on a installé une locomobile.

Des travaux ont été faits pour capter de l'eau de source qui se trouve en abondance dans la propriété.

La Société anonyme de l'œuvre lorraine des tuberculeux fut fondée au commencement de l'année 1900. En voici les statuts :

STATUTS DE LA SOCIÉTÉ ANONYME DE L'ŒUVRE LORRAINE DES TUBERCULEUX

TITRE PREMIER. — Objet. — Dénomination. — Siège. — Durée.

ARTICLE PREMIER. — Il est formé entre les comparants et ceux qui adhéreront aux présents statuts par la souscription des actions qui vont être créées, une société anonyme, qui sera régie par les présents statuts.

ARTICLE DEUXIÈME. — Cette société a pour objet de créer sur le territoire de Lay-Saint-Christophe un établissement destiné au traitement de la tuberculose pulmonaire et d'assurer son bon fonctionnement.

Elle se propose de procurer ainsi aux tuberculeux des deux sexes, de préférence à ceux du département de Meurthe-et-Moselle, le traitement de leur maladie en les admettant temporairement dans l'établissement projeté où ils recevront les soins nécessaires.

ARTICLE TROISIÈME. — La Société prend la dénomination de *Sanatorium de Lay-Saint-Christophe*.

Cette dénomination pourra être modifiée par une simple décision du Conseil d'administration.

Son caractère est exclusivement humanitaire. Elle reste étrangère à toute tendance politique et à toute distinction confessionnelle.

ARTICLE QUATRIÈME. — La durée de la Société est fixée à cinquante années, à compter du jour de la constitution définitive.

ARTICLE CINQUIÈME. — Le siège social est fixé à Nancy.

Il pourra être transféré ailleurs par simple décision du Conseil d'administration.

TITRE II. — Apport. — Fonds social. — Actions.

ARTICLE SIXIÈME. — Le capital social est fixé à la somme de deux cent mille francs.

Il est divisé en quatre cents actions de cinq cents francs.

Le montant des actions souscrites est payable en numéraire, un quart en souscrivant et les trois autres quarts en une ou plusieurs fois, suivant les besoins de la Société, sur appel du Conseil d'administration.

ARTICLE SEPTIÈME. — La Société se réserve la faculté d'augmenter ou de réduire ultérieurement son capital.

L'augmentation ou la réduction du capital social aura lieu en vertu d'une résolution de l'Assemblée générale des actionnaires prise sur la proposition du Conseil d'administration.

Le Conseil fixera le mode et les conditions de l'opération.

L'augmentation pourra avoir lieu, soit au moyen d'apports d'immeubles qui seraient faits à la Société contre des actions nouvelles à créer, soit par de nouvelles émissions d'actions payables en espèces.

ARTICLE HUITIÈME. — Chaque action donne droit à une part proportionnelle, soit actuellement à un quatre centième dans la propriété de l'actif social.

ARTICLE NEUVIÈME. — Les actions sont détachées d'un registre à souche, revêtues d'un numéro d'ordre, et signées par deux administrateurs, et seront délivrées après libération.

ARTICLE DIXIÈME. — Les actions sont nominatives.

La propriété des titres est établie par une inscription sur les registres de la Société.

Leur cession s'opère, conformément à l'article trente-six du code de commerce, par une déclaration de transfert, inscrite sur les registres de la Société et signée par le cédant et le cessionnaire ou leurs fondés de pouvoirs, et l'un des administrateurs.

Mention de ce transfert est faite sur le titre.

ARTICLE ONZIÈME. — Les droits et obligations attachés à l'action suivent le titre, dans quelque main qu'il passe.

La possession de l'action emporte de plein droit adhésion aux statuts de la Société et aux délibérations de l'Assemblée générale.

Les actions seront indivisibles à l'égard de la Société, qui ne reconnaît qu'un seul propriétaire pour chaque action. Tous les propriétaires indivis d'une action seront tenus de se faire représenter auprès de la Société par une seule et même personne.

ARTICLE DOUZIÈME. — Les héritiers ou ayants cause d'un actionnaire ne peuvent, pour quelque motif que ce soit, provoquer l'apposition des scellés sur les biens et valeurs de la Société, en demander le partage ou la licitation, ni s'immiscer en aucune manière dans son administration.

Ils devront, pour l'exercice de leurs droits, s'en rapporter aux inventaires sociaux et aux délibérations de l'Assemblée générale.

ARTICLE TREIZIÈME. — Les actionnaires ne seront engagés que jusqu'à concurrence du capital de chaque action ; audelà, tout appel de fonds est interdit.

TITRE III. — Administration de la Société.

ARTICLE QUATORZIÈME. —.La Société est administrée par un conseil composé de six membres au moins et de douze au plus, nommés par l'Assemblée générale, et choisis parmi les associés.

Le premier conseil sera composé des membres suivants, dont la nomination devra toutefois être ratifiée par l'Assemblée générale constitutive :

1° M. Nicolas-Antoine GUNTZ, professeur à la Faculté des sciences.

2° M. Paul-Henri-Marie-Frédéric HAUSHALTER, professeur agrégé à la Faculté de médecine.

3° M. Pierre-Francisque-Marie Comte de LANDRIAN, Baron de Fisson du Montet, ancien receveur particulier.

4° M. Henri MICHAUX, ingénieur des Ponts et Chaussées, chevalier de la Légion d'honneur, conseiller général.

5° M. Paul SPILLMANN, professeur à la Faculté de médecine.

6° M. Louis-Antoine VILGRAIN, industriel.

Le Conseil d'administration a toujours le droit de pourvoir au remplacement provisoire des administrateurs décédés, démissionnaires ou empêchés et de s'adjoindre d'autres membres jusqu'à concurrence de douze membres au plus, sauf, dans tous les cas, confirmation par la plus prochaine assemblée générale.

Toutefois, ces nominations provisoires sont facultatives pour le conseil, s'il reste en fonctions au moins six administrateurs.

Chaque administrateur doit être propriétaire d'une action au moins, qui sera affectée, conformément à la loi, à la garantie des actes de la gestion. — Cette action sera inaliénable, frappée d'un timbre indiquant l'inaliénabilité et restera déposée dans la caisse de la Société.

ARTICLE QUINZIÈME. — Les fonctions d'administrateur ne sont conférées que pour six années.

Tout membre sortant peut être réélu.

Dès l'expiration de la première année, il sera établi, par voie de tirage au sort et par les soins du Conseil d'administration, un ordre de sortie des administrateurs, de manière qu'aucun d'eux ne reste en fonction plus de six ans sans réélection.

L'administrateur nommé en remplacement d'un autre, ne reste en exercice que jusqu'à l'époque où devaient expirer les fonctions de celui qu'il remplace.

ARTICLE SEIZIÈME. — Chaque année, le Conseil nomme, parmi ses membres, un Président et un Secrétaire.

En cas d'absence du Président la séance est présidée par le plus âgé des membres présents.

A défaut du Secrétaire élu, le plus jeune des membres présents remplit ses fonctions.

Le Président et le Secrétaire peuvent toujours être réélus.

ARTICLE DIX-SEPTIÈME. — Le Conseil d'administration se réunit aussi souvent que l'intérêt de la Société l'exige.

I.

Les réunions ont lieu, sur l'indication du Président du Conseil, à Nancy.

La présence de trois membres au moins est nécessaire pour la validité des délibérations.

Les délibérations sont prises à la majorité des voix.

En cas de partage, la voix du Président ou du membre qui en remplit les fonctions est prépondérante.

Toutefois, si trois membres seulement sont présents, les décisions ne peuvent être prises qu'à l'unanimité.

Nul ne peut voter par procuration dans le sein du Conseil.

ARTICLE DIX-HUITIÈME. — Les délibérations sont constatées par des procès-verbaux inscrits sur un registre et signés par le Président et le Secrétaire ou ceux qui en remplissent les fonctions.

ARTICLE DIX-NEUVIÈME. — Le Conseil nomme son bureau, ainsi que le Directeur de l'Établissement chargé spécialement de la partie scientifique et technique, ainsi que de l'administration. — Ce directeur peut être appelé à assister aux séances du Conseil avec voix consultative ; il est placé sous l'autorité du Conseil d'administration et est toujours révocable.

Le Conseil détermine le nombre, la nature des fonctions et la rétribution des assistants comptables et employés qui sont nommés ou révoqués par le Directeur.

ARTICLE VINGTIÈME. — Le Conseil d'administration est investi des pouvoirs les plus étendus pour la gestion et l'administration des affaires et des intérêts de la Société, et pour décider et exécuter tout ce qui rentre dans son objet.

Il a notamment les pouvoirs suivants qui ne sont qu'indicatifs et non limitatifs de ses droits :

Spécialement, il achète et prend à bail aux prix et conditions qu'il juge convenables, tous immeubles.

Il confère toutes garanties hypothécaires et autres, pour assurer le paiement des prix d'acquisition de ces immeubles.

Il effectue les paiements des prix desdits immeubles, soit comptant, soit aux époques convenues en principal, intérêts et accessoires.

Il décide et fait exécuter toutes constructions, réparations, et tous changements dans les immeubles sociaux.

Il fait faire tous devis, passe et contracte tous marchés et tous engagements nécessaires pour les constructions à élever ou les transformations à opérer.

Il passe, résilie et renouvelle tous baux et toutes locations, aux prix et conditions qu'il juge convenables.

Il donne et accepte tous congés, il touche les loyers, il consent toutes promesses de vente des immeubles sociaux.

Il vend ou échange tout ou partie des immeubles sociaux aux prix, soultes, charges et conditions qu'il juge convenables, il touche lesdits prix et il touche ou paie les soultes en principal, intérêts et accessoires.

Il intéresse la Société sous toutes les formes de son choix dans toutes sociétés, associations ou établissements de même nature ou pouvant concourir à la réalisation de l'objet social ou le faciliter.

Il constitue toutes sociétés anonymes ou de toutes autres formes, et prend part à la souscription du capital, fait apport de tous biens faisant partie de l'actif de la présente société.

Il contracte tous emprunts hypothécaires et autres de tous particuliers, de toutes sociétés et notamment du Crédit Foncier de France, à court ou à long terme, avec ou sans amortissement, il emprunte également par voie d'émission d'obligations ou autrement, et confère toutes hypothèques.

Il touche toutes les sommes qui pourront être dues à la Société, à quelque titre et pour quelque cause que ce soit, en capital, intérêts, frais et accessoires; et il règle et acquitte toutes sommes dues par elle.

Il entend et arrête tous comptes.

Il fixe les dépenses générales d'administration et autorise les achats et vente d'objets mobiliers.

Il nomme et révoque tous employés et agents, détermine leurs attributions, fixe leurs traitements.

Il détermine le placement des fonds disponibles, règle l'emploi de la réserve.

Il autorise tous retraits, transferts et aliénations de fonds, rentes sur l'État et valeurs quelconques appartenant à la Société.

Il nomme ou révoque tous mandataires, employés ou agents, détermine leurs attributions, leurs traitements, salaires ou gratifications, soit d'une manière fixe, soit autrement.

Il représente la Société vis-à-vis de toutes administrations et dans toutes circonstances.

Il exerce toutes actions judiciaires, soit en demandant, soit en défendant; il fait tous traités, transactions et compromis; il fait tous actes conservatoires et se désiste de toute instance.

Il donne quittances et décharges nécessaires.

Il désiste la Société de tout privilège et action résolutoire, fait main levée et consent la radiation de toutes inscriptions d'office et autres, saisies, oppositions et autres empêchements quelconques, le tout avec ou sans paiement.

Enfin, le Conseil d'administration statue sur tous les intérêts sociaux, et fait généralement tout ce qui rentre dans l'objet de la Société, quoique non formellement prévu aux présents.

Il délibère sur l'acceptation des donations ou legs qui pourraient être faits à l'Œuvre : ces délibérations devront toutefois, préalablement à leur exécution, être ratifiées par l'Assemblée générale.

En outre, lorsque l'œuvre sera reconnue d'utilité publique, elles devront être soumises à l'autorisation du Ministre de l'Intérieur.

ARTICLE VINGT-UNIÈME. — Le Conseil d'administration peut déléguer tout ou partie de ses pouvoirs à un ou plusieurs de ses membres.

Il peut aussi conférer à une ou plusieurs personnes, même étrangères au Conseil d'administration, les pouvoirs qu'il jugera convenables, mais seulement pour une ou plusieurs affaires déterminées; dans ce cas, il fixe la rémunération des divers mandats par lui conférés.

ARTICLE VINGT-DEUXIÈME. — Tous les actes concernant la Société décidés par le Conseil ainsi que le retrait de fonds et valeurs, les mandats sur les banquiers, débiteurs et dépositaires sont signés par deux administrateurs à moins d'une délégation du Conseil à un seul administrateur ou à un Directeur, ou à tout autre mandataire.

ARTICLE VINGT-TROISIÈME. — Les membres du Conseil d'administration ne contractent, à raison de leur gestion, aucune obligation personnelle ou solidaire, relativement aux engagements de la Société. — Ils ne répondent que de l'exécution de leur mandat.

ARTICLE VINGT-QUATRIÈME. — Les fonctions d'administrateurs sont gratuites; les administrateurs ne recevront pas de jetons de présence, et aucune participation spéciale dans les bénéfices ne pourra leur être accordée.

TITRE IV. — Commissaires.

ARTICLE VINGT-CINQUIÈME. — Il est nommé, chaque année, en Assemblée générale, un ou plusieurs commissaires, associés ou non, conformément à la loi.

Ce ou ces commissaires exercent la mission de vérification et de surveillance et les attributions que leur confère la loi.

TITRE V. — Assemblées générales.

ARTICLE VINGT-SIXIÈME. — L'Assemblée générale, régulièrement constituée, représente l'universalité des actionnaires; ses décisions sont obligatoires pour tous, même pour les absents, dissidents ou incapables.

L'Assemblée générale se compose de tous les actionnaires inscrits depuis plus d'un mois sur les registres de la Société, dans le lieu qui sera indiqué par la convocation dont il est parlé en l'article vingt-neuvième ci-après.

ARTICLE VINGT-SEPTIÈME. — L'Assemblée générale annuelle aura lieu dans les quatre mois qui suivront l'expiration de chaque année sociale; le Conseil d'administration pourra en outre convoquer des Assemblées générales extraordinaires lorsqu'il le jugera convenable. Sauf pour les Assemblées générales constitutives où tout mandataire sera admis, nul ne peut être porteur de pouvoir d'actionnaire s'il n'est actionnaire lui-même et membre de l'Assemblée.

La forme des pouvoirs est déterminée par le Conseil d'administration.

ARTICLE VINGT-HUITIÈME. — L'Assemblée générale doit, conformément à l'article vingt-neuf de la loi du vingt-quatre juillet mil huit cent soixante-sept, être composée d'un nombre d'actionnaires représentant le quart au moins du capital nominal.

Si l'Assemblée générale ne réunit pas ce nombre, une nouvelle Assemblée est convoquée, et elle délibère valablement, quelle que soit la portion du capital représenté par les actionnaires présents.

ARTICLE VINGT-NEUVIÈME. — Les convocations aux Assemblées générales ordinaires et extraordinaires sont annoncées par un avis inséré quinze jours avant l'époque de la réunion dans un des journaux de Nancy. Ce délai peut être réduit à dix jours dans le cas de seconde convocation.

Les réunions auront lieu à Nancy, au lieu désigné par la convocation.

Lorsque l'Assemblée générale a pour but de délibérer sur les objets mentionnés en l'article vingt-neuf, les avis de convocation devront en faire mention.

Par exception, la réunion de l'Assemblée générale constitutive de la présente Société sera convoquée par simples lettres individuelles, adressées quatre jours à l'avance sans avoir besoin d'être annoncée par un avis dans un journal.

ARTICLE TRENTIÈME. — Les Assemblées générales qui auraient pour objet la modification des statuts, l'augmentation ou la diminution par voie d'amortissement ou autrement du fonds social, la prorogation ou la dissolution de la Société, la fusion avec d'autres Sociétés, l'absorption d'autres Sociétés, par voie de fusion ou autrement, le transport ou la vente à tous tiers ne sont régulièrement constituées et ne délibèrent valablement qu'autant qu'elles sont composées d'un nombre d'actionnaires représentant au moins la moitié du capital social.

La dissolution anticipée ne pourra être votée que pour une majorité réunissant les deux tiers des voix présentes ou représentées.

Les modifications proposées peuvent porter sur la mise au porteur des actions et même sur l'objet de la Société, et notamment sur son extension ou sa restriction, mais sans pouvoir le changer complètement ou l'altérer dans son essence.

ARTICLE TRENTE-UNIÈME. — L'Assemblée générale est présidée par le Président du Conseil d'administration, et en cas d'empêchement, par le membre que le Conseil d'administration aura désigné à cet effet.

Les deux plus forts actionnaires présents à l'ouverture de la séance, remplissent les fonctions de scrutateurs et, sur leur refus, les deux plus forts actionnaires après eux, jusqu'à acceptation.

Le Secrétaire sera désigné par le Bureau.

L'ordre du jour est arrêté par le Conseil d'administration; il ne doit être mis en délibération que les objets portés à l'ordre du jour.

ARTICLE TRENTE-DEUXIÈME. — L'Assemblée générale annuelle entend le rapport du Conseil d'administration sur la situation des affaires sociales, et celui du ou des commissaires sur le bilan et les comptes.

Elle approuve les comptes, s'il y a lieu; la délibération portant approbation des comptes est nulle si elle n'est pas précédée du rapport des commissaires.

Elle fixe les dividendes sur la proposition du Conseil d'administration.

Elle nomme les administrateurs en remplacement de ceux dont les fonctions sont expirées, ou qu'il y a lieu de remplacer par suite de décès, de démission ou autre cause.

Elle désigne le ou les commissaires chargés de la surveillance pour l'exercice suivant; elle fixe, s'il y a lieu, leurs rétributions.

Enfin, elle prononce souverainement, en se renfermant dans la limite des statuts, sur tous les intérêts de la Société, en se conformant, pour les objets indiqués à l'article vingt-neuf, aux prescriptions de cet article.

Elle confère, par ses délibérations, au Conseil d'administration, les pouvoirs nécessaires pour les cas qui n'auraient pas été prévus, et notamment sur ceux mentionnés dans l'article vingt ci-dessus.

Elle détermine l'emploi à effectuer dans l'intérêt exclusif de l'œuvre du produit, des dons ou legs dont l'acceptation serait soumise à l'autorisation du Gouvernement.

ARTICLE TRENTE-TROISIÈME. — Dans toutes les assemblées générales, les délibérations sont prises à la majorité des voix des membres présents ou représentés.

Il est dressé une feuille de présence. elle contient les noms et domiciles des actionnaires et le nombre d'actions possédées par chacun d'eux.

Cette feuille, certifiée par le bureau de l'assemblée, restera déposée au siège social, et devra être communiquée à tout requérant.

ARTICLE TRENTE-QUATRIÈME. — Il est compté à chaque actionnaire autant de voix qu'il a d'actions, sans toutefois que le même actionnaire puisse avoir plus de vingt voix, soit par lui-même, soit comme fondé de pouvoirs.

1...

Les votes sont exprimés par assis ou levés, ou, si le bureau le juge à propos, par appel nominal.

ARTICLE TRENTE-CINQUIÈME. — Les délibérations de l'assemblée générale sont constatées par des procès-verbaux inscrits sur un registre spécial, et signés par les membres du bureau.

Les copies ou extraits de ces procès-verbaux à produire en justice ou ailleurs sont certifiés et signés par le Président du Conseil d'administration.

TITRE VI. — Inventaire. — Fonds de réserve. — Répartition des bénéfices.

ARTICLE TRENTE-SIXIÈME. — L'année sociale commence le premier janvier et finit le trente-un décembre.

Par exception, le premier exercice comprendra le temps écoulé depuis la constitution jusqu'au 31 décembre mil neuf cent.

ARTICLE TRENTE-SEPTIÈME. — Il sera établi chaque année, conformément à l'article neuf du Code de commerce, un inventaire contenant l'indication de l'actif et du passif de la Société.

L'inventaire, le bilan et le compte des profits et pertes seront mis à la disposition des commissaires le trentième jour, au plus tard, avant l'assemblée générale.

Ils sont présentés à cette Assemblée.

Quinze jours avant l'Assemblée générale, tout actionnaire peut prendre, au siège social, communication de l'inventaire et de la liste des actionnaires.

ARTICLE TRENTE-HUITIÈME. — Les produits nets de la Société, constatés par l'inventaire annuel, déduction faite des frais généraux, des charges sociales, des attributions faites à des employés ou au Directeur, et des amortissements, constituent les bénéfices nets.

Sur ces bénéfices, il est prélevé :

1º Cinq pour cent au moins pour constituer le fonds de réserve prescrit par la loi. Ce prélèvement pourra cesser d'être opéré lorsque le fonds de réserve aura atteint une somme égale au dixième du capital social ; il reprend son cours si la réserve a été entamée.

Le surplus des bénéfices sera porté à un compte spécial de réserve destiné à reconstituer le capital social.

En conséquence, aucune répartition des bénéfices ne pourra être effectuée jusqu'à ce que cette réserve ait assuré l'accomplissement de son objet par le remboursement intégral du capital actions.

A cet effet, la somme ainsi réservée chaque année sera employée, à concurrence d'autant, au remboursement d'actions au pair.

Les numéros d'actions à rembourser seront déterminés par un tirage au sort qui sera effectué dans la séance à l'assemblée générale ordinaire.

Les actions ainsi remboursées resteront entre les mains de leurs titulaires, après avoir été frappées d'un timbre spécial. — Elles seront considérées comme actions de « jouissance », et conserveront pour les attributions relatives à l'administration et pour le vote aux Assemblées générales, les mêmes droits que les actions primitives.

ARTICLE TRENTE-NEUVIÈME. — Lorsque ledit résultat aura été obtenu, le montant des bénéfices nets annuels, sous déduction de la somme à porter, s'il y a lieu, au compte de réserve légale, sera mis à la disposition de l'Assemblée générale qui statuera sur la répartition partielle ou totale ou sur les affectations qui pourront être proposées par le Conseil d'administration.

Cette même Assemblée générale, après avoir constaté l'accomplissement du but envisagé par les présents statuts, et le règlement de tous les engagements de la Société, devra faire l'apport à titre gratuit de l'actif social, soit au département, soit à un établissement public ou à une Association reconnue comme établissement d'utilité publique, et qui aurait pour objet le traitement de la tuberculose pulmonaire.

ARTICLE QUARANTIÈME. — Le paiement de dividendes, lorsqu'il y aura lieu à répartition de bénéfices, se fait aux époques et lieux fixés par le Conseil.

TITRE VII. — Dissolution. — Liquidation.

ARTICLE QUARANTE-UNIÈME. — En cas de perte de la moitié du capital social, les administrateurs seront tenus de provoquer la réunion de l'Assemblée générale de tous les actionnaires à l'effet de statuer sur la question de savoir s'il y a lieu de continuer la Société ou de prononcer sa dissolution. — L'Assemblée générale doit, pour pouvoir délibérer, réunir au moins la moitié du capital social.

ARTICLE QUARANTE-DEUXIÈME. — A l'expiration de la Société ou en cas de dissolution anticipée, l'Assemblée générale règle, sur la proposition des administrateurs, le mode de liquidation et nomme un ou plusieurs liquidateurs dont elle détermine les pouvoirs.

Les liquidateurs peuvent, en vertu d'une décision de l'Assemblée générale, faire l'apport à une autre Société, ou la cession à une autre Société ou à toute autre personne, de tout ou partie des biens, droits et obligations de la Société dissoute.

L'Assemblée générale, régulièrement constituée, conserve pendant la liquidation les mêmes attributions que durant le cours de la Société ; elle a notamment le pouvoir d'approuver les comptes de la liquidation et de donner quitus.

A l'expiration de la Société et après le règlement de ses engagements, le produit net de la liquidation est employé d'abord à amortir complètement le capital actions, si cet amortissement n'a pas encore eu lieu ; le surplus ferait l'objet de l'abandon à titre gracieux analogue à celui prévu par l'article trente-neuf ci-dessus.

TITRE VIII. — Contestations.

ARTICLE QUARANTE-TROISIÈME. — Toutes contestations qui peuvent s'élever pendant le cours de la Société ou de sa liquidation, soit entre les actionnaires et la Société, soit entre les actionnaires eux-mêmes, sont jugées conformément à la loi, et soumises à la juridiction des tribunaux compétents.

A cet effet, en cas de contestations, tout actionnaire doit faire élection de domicile dans le département de Meurthe-et-Moselle, et toutes assignations et significations sont régulièrement données à domicile.

A défaut d'élection de domicile, les assignations et significations sont valablement faites au Parquet de M. le Procureur de la République près le Tribunal civil de Nancy.

ARTICLE QUARANTE-QUATRIÈME. — Les contestations touchant l'intérêt général et collectif de la Société ne peuvent être dirigées contre le Conseil d'administration ou l'un de ses Membres qu'au nom de la masse des actionnaires et en vertu d'une délibération de l'Assemblée générale.

Tout actionnaire qui veut provoquer une contestation de cette nature doit en faire, dix jours au moins avant la prochaine assemblée générale, l'objet d'une communication au Président du Conseil d'administration, qui est tenu de mettre la proposition à l'ordre du jour de cette Assemblée.

Si la proposition est repoussée, aucun actionnaire ne peut la reproduire en justice dans un intérêt particulier ; si elle est accueillie, l'Assemblée générale désigne un ou plusieurs commissaires pour suivre la contestation.

Les significations auxquelles donne lieu la procédure sont adressées uniquement aux Commissaires.

TITRE IX. — Constitution de la Société.

ARTICLE QUARANTE-CINQUIÈME. — La présente Société ne sera définitivement constituée qu'après :

1° Que toutes les actions auront été souscrites, et que le quart de chacune d'elles aura été versé, ce qui sera constaté par une déclaration notariée faite par les Fondateurs de la Société, et à laquelle sera annexée une liste de souscription et de versements contenant les énonciations légales ;

2° Qu'une Assemblée générale aura reconnu la sincérité de la déclaration de souscription et de versement, ratifié la nomination des premiers administrateurs, le ou les Commissaires des comptes et constaté leur acceptation.

Cette Assemblée sera composée et ses délibérations seront prises suivant les prescriptions de la loi.

Chaque personne assistant à cette Assemblée aura au moins une voix et autant de voix qu'elle représentera de fois d'actions, sans pouvoir cependant avoir plus de dix voix tant en son nom personnel que comme mandataire.

Cette Assemblée sera convoquée dans les formes indiquées dans l'article vingt-neuvième ci-dessus, c'est-à-dire par simples lettres individuelles adressées quatre jours à l'avance, sans avoir besoin d'être annoncée par un avis dans un journal.

ARTICLE QUARANTE-SIXIÈME. — Pour faire publier les présents statuts et tous actes et procès-verbaux relatifs à la constitution de la Société ; tous pouvoirs sont donnés au porteur d'une expédition ou d'un extrait des présentes.

Un tiers des actions de la Société anonyme de l'œuvre lorraine des tuberculeux était souscrit quand M. le Dr Brouardel, doyen de la Faculté de Médecine de Paris, membre de l'Institut, voulut bien se rendre à l'appel du Comité et mettre sa science et son dévouement au service de l'œuvre. Il voulut bien faire le 15 mars 1900, à la salle Poirel, une conférence sur la tuberculose et les moyens de combattre cette terrible maladie. Le Président du Conseil supérieur d'hygiène de France montra, avec autant de précision que de simplicité, la grandeur du mal et les moyens d'y remédier. Le haut patronage du Pr Brouardel porta bonheur à l'œuvre lorraine des tuberculeux. Grâce à l'immense succès de la conférence, grâce au concours si précieux de la presse locale, aux démarches actives des organisateurs, à l'appui des banques et surtout des grands industriels de notre région, le capital initial a été dépassé et cela avec une rapidité qui fait le plus grand honneur à l'esprit de charité des Lorrains.

Nous disposons aujourd'hui d'un capital de plus de 230 000 francs.

La Société a été légalement constituée le 6 juillet 1900.

CONSEIL D'ADMINISTRATION

Président du Conseil: Dr P. Spillmann, professeur à la Faculté de médecine.

Membres: Michaut, administrateur délégué, ingénieur; Guntz, professeur à la Faculté des sciences; comte de Landrian; Vilgrain, industriel.

Secrétaire: Dr Haushalter, professeur agrégé à la Faculté de médecine.

Commissaire: Déglin, avocat.

Société anonyme de l'œuvre lorraine des tuberculeux.

Liste des souscripteurs d'actions de **500** francs.

NOMS DES SOUSCRIPTEURS	SOMMES VERSÉES	NOMS DES SOUSCRIPTEURS	SOMMES VERSÉES
MM.	actions.	MM.	actions.
Dr Aimé.	3	Boulanger.	1
Mme veuve Aimé.	3	Bour.	1
Aubert.	5	Boursier, notaire.	1
Arth, Directeur de l'Inst. chimique.	1	De Bouvier.	1
Barbé.	1	Brouillon.	1
Barbé.	2	Burtureaux, rédacteur à la Direction des Postes.	1
Dr Bazeille.	1	Cavallier, Directeur des forges de Pont-à-Mousson.	1
Mme veuve Becker.	1	Mme Chassignes.	1
Société Berger, Levrault et Cie.	3	Mme la Vicomtesse de Chambrun.	2
Dr Bleicher, Directeur de l'école de Pharmacie.	1	Chauveton.	1
Berweiler, administrateur de la fondière de la Meurthe.	2	Le général Chéry.	1
M. Blondin, ancien directeur de la Banque de France.	5	Du Coëtlosquet.	25
Blondot, P^r à la Faculté des sciences.	2	Comptoir des Aciéries de Longwy.	10
		Gustave Raty et Cie à Saulnes.	6

NOMS DES SOUSCRIPTEURS	SOMMES VERSÉES	NOMS DES SOUSCRIPTEURS	SOMMES VERSÉES
MM.	actions.	MM.	actions.
De Saintignou et Cie.	5	Husson, propriétaire, Neuves-Maisons.	1
D'Huart, maître de forges.	2	Mlle Husson.	1
Société métallurgique de Fenelle-Maubeuge	2	Hinzelin, publiciste.	1
Société métallurgique de Gorcy.	5	Jacquemin, administrateur de la Saline de Laneuveville.	1
Thomas et Cie, Banquiers à Longwy.	2	Jeandelize.	1
Mme veuve Constantin.	4	Bernard de Jandin.	2
Cordebar.	1	Karcher.	1
C ournault.	1	Keller et Guérin, Société en nom collectif, manufacturiers à Lunéville.	10
Durm, maître verrier.	1	Mlle Keller.	2
Mme veuve Déglin.	12	Mlle Labrevoit.	1
Déglin, avocat à la Cour.	1	Dr Labrevoit.	1
Delatte, capitaine de chasseurs à pied.	1	Laissy, notaire.	1
Mme la comtesse Didierjean.	2	Lallemont, ancien avoué.	1
Mlle Didierjean.	2	De Laudrian.	2
Didion (Julien).	1	Lanord, entrepreneur.	2
Droit, notaire	1	Lang, industriel.	2
Dryander.	1	Lang, industriel.	1
Dr Etienne (Georges), Professeur agrégé à la Faculté de médecine.	1	Legris, manufacturier.	10
Evrard.	1	De Lespinats, ingénieur.	1
Fliche, Professeur à l'École forestière.	1	Lévy, banquier.	1
Fould, Maître de Forges.	10	L'Huillier, négociant.	1
Mme veuve Fourrier.	1	Comte de Ludre.	1
Fruhinzholz, interne des hôpitaux.	1	Magot.	1
Mme J. Galland de Remiremont.	1	Marcot, industriel.	1
Garnier, ancien magistrat.	1	Marcot.	2
Gaudin.	1	Mme Margo.	6
Georges, manufacturier.	1	Maringer, maire.	1
Genay, architecte.	2	Comte de Martimprey de Romécourt	1
Genin (Louis), négociant.	6	Mathis.	5
Gigleux, entrepreneur.	2	De Metz.	2
Mme Godfrin.	1	De Moixmoron.	1
G. Goury, avocat.	1	Michaut, ingénieur.	10
Gouy de Bellocq-Feuquières.	2	Michaut, administrateur des cristalleries de Baccarat.	10
Grosdidier, maître de forges à Commercy.	2	Michel.	1
Guntz, Professeur à la Faculté des sciences.	1	L aSociété de Crédit Industriel et de Dépôt Nancéienne.	10
Dr Haushalter, Professeur agrégé à la Faculté de médecine.	1	Pacotte.	1
		Paul.	1

NOMS DES SOUSCRIPTEURS	SOMMES VERSÉES
MM.	actions.
Société anonyme des Hauts Fourneaux et fonderies de Pont-à-Mousson (Hauts Fourneaux. .	5
Payelle (Société anonyme des mines de sel et salines de Rosières-Varangéville)..	1
Rabischon, pharmacien..	2
Mme Rabischon.	2
Renaud..	1
Renaud, banquier..	1
Roussel..	1
Rousselot, négociant. . . . ' .	1
Sépulcre, Consul de Belgique. . .	1
Scrot.	1
Sidot, libraire..	4
Dr Spillmann, professeur à la Faculté de médecine.	6
Solvay (Soudières de Doubasle). .	40
Tonnelier.	1
Tourtel..	2
Brasserie de Tantonville.. . . .	5
Vallotte..	1
Vezin-Aulnoye (Société de). . .	5
De Vienne..	1
Vilgrain, industriel.	1
Vidil (docteur).	1
Voluchneder, négociant.. . . .	2
Weille, agent de charbonnages. .	1
Mme Saulnier de Fabert. . . .	1
Latouche Mme la baronne de. . .	4
Dr Baraban, Professeur à la Faculté de médecine.	1
Nœtinger.	2
De Lallement de Mont.	1
Compagnie des Forges de Châtillon, Commentry et Neuves-Maisons.	12
Poulmaire.	1

NOMS DES SOUSCRIPTEURS	SOMMES VERSÉES
MM.	actions.
Société anonyme des Aciéries de Micheville..	6
Turicque, maître de forges.. . .	2
Turicque, maître de forges.. . .	2
Kind.	1
Tulmann.	1
Bichaton, entrepreneur.	2
Fresson, administrateur de la Société anonyme des Hauts Fourneaux de la Chiers.	1
Mgr Turinaz, évêque de Nancy. .	1
Dr Gross, doyen de la Faculté de médecine.	1
De Dietrich et Cie, constructeurs. .	10
Mme la comtesse de Mier, Vienne..	1
Cayotte, plâtrier.	2
Forges et fonderies de Montataire..	4
Lapointe.	1
Mme François.	1
Mme Couturier.	1
Mme Richier-Raison..	2
Spire, industriel.	2
Mgr le cardinal Mathieu, Rome. .	1
Société des Forges de la Providence à Rehon.	5
Bernard.	1
Durr..	1
Mlle Durr.	1
Georgel..	1
Voinier..	1
A. Frühinsholz, industriel. . . .	4
Fauquinon..	2
Victor Peters, industriel. . . .	6
Géliot et Fils, Plainfaing. . . .	4
Bernheim, Toul.	1
Larmoyer, notaire.	1

Mais si notre captial essentiel et indispensable de 200 000 francs a été souscrit et même dépassé, il nous reste encore beaucoup à faire. Et d'abord notre Société ne peut recevoir à titre gratuit. « Il faut aussi, comme le disait M. Déglin à la séance du 15 mars, que notre œuvre puisse se mettre à portée de toutes les fortunes et de toutes les bonnes volontés. »

Enfin, comme nous aurons beaucoup d'indigents, il faudra assurer leur entretien, créer et soutenir des bourses. Je pense bien que les villes et les départements de la région, les bureaux de bienfaisance et les œuvres charitables nous donneront aide et secours; je n'en veux comme preuve que l'excellent accueil que nous avons trouvé auprès de M. le Préfet de Meurthe-et-Moselle et de M. le Maire de Nancy. Mais une Société civile ne peut à aucun titre solliciter et recevoir des aumônes et des cotisations. »

C'est pourquoi la Société civile a fondé une sœur jumelle, dont les statuts sont conformes aux statuts types rédigés par le Conseil d'État.

Cette nouvelle Société ne sera plus une Société d'affaires, mais une Société de charité. Toutes deux auront le même but : soulager et guérir les tuberculeux.

Comme le disait très bien M. Déglin, la Société civile crée et assure l'existence de l'œuvre, la Société de charité étend et multiplie son action.

C'est la Société de charité qui recueillera les souscriptions, les cotisations; elle pourra, quand elle sera reconnue, recevoir des dons, des legs, créer une dotation et un fonds permettant la multiplication des bourses gratuites et l'admission à Lay-Saint-Christophe d'un nombre de plus en plus grand de tuberculeux indigents.

Statuts de l'Association dite Œuvre lorraine des Tuberculeux.

I. — BUT ET COMPOSITION DE L'ASSOCIATION

Article premier.

L'Association dite « Œuvre lorraine des Tuberculeux », fondée en 1900, a pour but :

1º De vulgariser dans le public les notions scientifiques qui peuvent le mettre à même de lutter contre la propagation de la tuberculose dans les familles et dans la Société ;

2º De procurer aux tuberculeux des deux sexes le traitement de leur maladie en es admettant temporairement dans les établissements projetés où ils recevront les soins nécessaires.

Elle a son siège à Nancy.

Article 2.

Les moyens d'action et de propagande de l'Association sont : près des pouvoirs publics le rapport annuel sur le fonctionnement, l'administration et les résultats obtenus ; près des municipalités et des particuliers, les publications, les mémoires et conférences, et tous autres moyens que l'Association jugera convenables.

Article 3.

L'Association se compose de membres titulaires, de membres donateurs et de membres fondateurs.

Pour être membre titulaire, il faut :

1º Être présenté par deux membres de l'Association et agréé par le Conseil d'administration ; 2º payer une cotisation annuelle dont le minimum est de 10 francs. La cotisation peut être rachetée en versant une somme égale à 20 fois le montant de la cotisation annuelle.

Pour être membre donateur, il faut verser un capital, une fois payé, de mille francs au moins.

La qualité du membre fondateur sera acquise aux personnes qui auront donné somme suffisante pour la création d'un lit.

Article 4.

La qualité de membre de l'Association se perd :

1º Par la démission ;

2º Par la radiation prononcée, pour motifs graves, par le Conseil d'administration, le membre intéressé ayant été préalablement appelé à fournir ses explications, sauf recours à l'Assemblée générale, ou par l'Assemblée générale, sur le rapport du Conseil d'administration.

II. — ADMINISTRATION ET FONCTIONNEMENT

Article 5.

L'Association est administrée par un Conseil composé de quinze à vingt-quatre membres, élus pour six ans par l'Assemblée générale.

En cas de vacances, le Conseil pourvoit au remplacement de ses membres, sauf ratification par la plus prochaine assemblée générale.

Le renouvellement du Conseil a lieu par moitié.

Les membres sortants sont rééligibles.

Ce Conseil choisit parmi ses membres un bureau composé de : un Président, deux ou trois Vice-Présidents, un Secrétaire général et un Trésorier.

Le bureau est élu pour trois ans.

Article 6.

Le Conseil se réunit chaque semestre et chaque fois qu'il est convoqué par son Président ou sur la demande du quart de ses membres.

La présence de la moitié des membres du Conseil d'administration est nécessaire pour la validité des délibérations.

Il est tenu procès-verbal des séances.

Les procès-verbaux sont signés par le Président et le Secrétaire.

Article 7.

Toutes les fonctions de membres du Conseil d'administration et du Bureau sont gratuites.

Article 8.

L'Assemblée générale des membres titulaires, donateurs et fondateurs de l'Association, se réunit au moins une fois par an et chaque fois qu'elle est convoquée par le Conseil d'administration, ou sur la demande du quart au moins de ses membres. Son ordre du jour est réglé par le Conseil d'administration.

Son bureau est celui du Conseil.

Elle entend les rapports sur la gestion du Conseil d'administration, sur la situation financière et morale de l'Association.

Elle approuve les comptes de l'exercice clos, vote le budget de l'exercice suivant, délibère sur les questions mises à l'ordre du jour et pourvoit au renouvellement des membres du Conseil d'administration.

Le rapport annuel et les comptes sont adressés, chaque année, à tous les membres, au Préfet du département et au ministère de l'intérieur.

Article 9.

Les dépenses sont ordonnancées par le Président.

L'Association est représentée en justice et dans tous les actes de la vie civile par le Président.

Article 10.

Les délibérations du Conseil d'administration relatives aux acquisitions, échanges et aliénations d'immeubles, aliénations de valeurs dépendant du fonds de réserve, prêts hypothécaires, emprunts, constitutions d'hypothèques et baux excédant neuf années, ne sont valables qu'après l'approbation de l'Assemblée générale.

Article 11.

Les délibérations du Conseil d'administration relatives à l'acceptation des dons et legs, les délibérations de l'Assemblée générale relatives aux acquisitions et échanges d'immeubles, aliénation de valeurs dépendant du fonds de réserve et prêts hypothécaires, ne sont valables qu'après l'approbation du Gouvernement.

III. — RESSOURCES ANNUELLES ET FONDS DE RÉSERVE

Article 13.

Les ressources annuelles de l'Association se composent :

1° Des cotisations et souscriptions de ses membres ;

2° Des subventions qui pourront lui être accordées ;

3° Du produit des libéralités dont l'emploi immédiat a été autorisé, et des ressources créées à titre exceptionnel et, s'il y a lieu, avec l'agrément de l'autorité compétente ;

4° Enfin du revenu de ses biens et valeurs de toute nature.

Article 13.

Le fonds de réserve comprend :

1° La dotation ;
2° Le dixième au moins de l'excédent des ressources annuelles ;
3° Les sommes versées pour le rachat des cotisations ;
4° Le capital provenant des libéralités autorisées sans affectation spéciale.

Article 14.

Le fonds de réserve est placé en rentes nominatives, trois pour cent, sur l'État, ou en obligations nominatives des chemins de fer dont le minimum d'intérêt est garanti par l'État.

Il peut également être employé en acquisitions d'immeubles, pourvu que ces immeubles soient nécessaires au fonctionnement de la Société ou en prêts hypothécaires, pourvu que le montant de ces prêts, réuni aux sommes garanties par les autres inscriptions ou privilèges qui grèvent l'immeuble, ne dépasse pas les deux tiers de sa valeur estimative.

IV. — MODIFICATION DES STATUTS ET DISSOLUTION.

Article 15.

Les statuts ne peuvent être modifiés que sur la proposition du Conseil d'administration ou du dixième des membres titulaires, soumise au bureau au moins un mois avant la séance.

L'Assemblée extraordinaire, spécialement convoquée à cet effet, ne peut modifier les statuts qu'à la majorité des deux tiers des membres présents.

L'Assemblée doit se composer du quart au moins des membres en exercice.

Article 16.

L'Assemblée générale, appelée à se prononcer sur la dissolution de l'association et convoquée spécialement à cet effet doit comprendre au moins la moitié plus un de ses membres en exercice. La dissolution ne peut être votée qu'à la majorité des deux tiers des membres présents.

Article 17.

En cas de dissolution ou en cas de retrait de la reconnaissance de l'association comme établissement d'utilité publique, l'Assemblée générale désigne un ou plusieurs commissaires chargés de la liquidation des biens de l'association. — Elle attribue l'actif net à un ou plusieurs établissements analogues publics ou reconnus d'utilité publique.

Ces délibérations sont adressées sans délai au Ministre de l'intérieur.

Dans le cas où, l'Assemblée générale n'ayant pas pris les mesures indiquées, un décret interviendrait pour y pourvoir, les détenteurs des fonds, titres, livres et archives appartenant à l'association s'en dessaisiront valablement entre les mains du commissaire liquidateur désigné par ledit décret.

Article 18.

Les délibérations de l'Assemblée générale prévues aux articles quinze, seize et dix-sept ne sont valables qu'après l'approbation du Gouvernement.

V. — Règlement intérieur et surveillance.

Article 19.

Un règlement, adopté par l'Assemblée générale et approuvé par le Ministre de l'intérieur, arrête les conditions de détail propres à assurer l'exécution des présents statuts. Il peut toujours être modifié dans la même forme.

Article 20.

Le Ministre de l'intérieur aura le droit de faire visiter par ses délégués les établissements fondés par l'association et de se faire rendre compte de leur fonctionnement.

Parmi les membres de la nouvelle Société, nous comptons :

I. Membres fondateurs.

Les forges et aciéries du Nord et de l'Est. . . . . 10 000 francs.

II. Membres donateurs.

MM. Du Coëtlosquet.	1 000 francs.
Marcot (René), Président de la Commission des Hospices. .	1 000 —
Michaut (A.), Baccarat.	1 000 —
Michaut (H.), Conseiller général.	1 000 —

III. Membres titulaires.

MM. Génin (Louis).	500 francs.
Forges de l'Est.	500 —
Renauld, banquier.	500 —
France Lanord et Bichaton.	500 —
Arth, Directeur de l'Institut chimique.	200 —
Lallement, président du Bureau de bienfaisance. . . .	200 —
Dr Knoepfler.	200 —
Grosdidier, maître de forges.	200 —
Comte de Ludre.	200 —
Bertin, ingénieur.	100 —
Lambert, capitaine d'artillerie.	100 —
Wagner, rentier.	100 —
Vicomte Pinon.	100 —
Droit, notaire.	100 —
Mme Gouguenheim.	100 —
Mme Laflour.	100 —
Etc., etc.	

Outre cela, nous avons recueilli un grand nombre de souscriptions de 50, 40, 20 et 10 francs.

Dans la seule commune de Neuves-Maisons, Mme Mengin, si dévouée à notre œuvre, a pu recueillir plus de 600 francs.

Nous avons reçu aussi des promesses de fondations de bourses et de demi-bourses pour l'entretien de nos malades indigents.

Nous comptons enfin organiser des conférences dans les principales communes du département et des départements voisins et augmenter ainsi nos ressources.

Nous espérons bien, grâce au concours du gouvernement, recevoir bientôt, comme à Lyon et à Orléans, la consécration d'une déclaration d'utilité publique.

Nous vivrons ensuite par les sommes versées par les malades qui pourront payer, par les donations ou les legs, les subventions que pourront nous accorder l'État, le pari mutuel, les départements, les communes, les établissements de bienfaisance, etc.

Enfin, à titre exceptionnel, nous aurons recours aux ressources que pourrons nous créer, avec l'autorisation de l'autorité, des ventes, des loteries, etc.

Telle est, à l'heure actuelle, l'œuvre lorraine des tuberculeux. L'élan est donné et ne s'arrêtera pas. Nous pouvons, nous devons faire aussi bien que nos voisins, et nous espérons bien, grâce au développement de notre Société, étendre notre action aux départements voisins et multiplier nos bienfaits.

Dᴿ P. SPILLMANN.

Nancy, 1ᵉʳ mai 1901.

CHARTRES. — IMPRIMERIE DURAND, RUE FULBERT.

www.ingramcontent.com/pod-product-compliance
Lightning Source LLC
Chambersburg PA
CBHW070304220626
46818CB00018B/2406